AF509567

DU
DROIT D'AÎNESSE.

PAR M. D***

PARIS.

DELONGCHAMPS, Libraire, quai des Augustins, n° 51.
DENTU, } Libraires, Palais-Royal.
PETIT, }

FÉVRIER 1824.

animait encore la royauté lorsqu'un de nos plus loyaux et chevaleresques souverains signait : *François, sei-gneur de Vanvres.*

Ce fut cette institution légitime qui dicta les réponses fières des gentilshommes dans les anciens temps, et c'était encore elle qu'un grand homme d'état poursuivait, sans pouvoir l'abattre, en faisant tomber la tête d'un Montmorency.

Les fiefs étaient des possessions si *mobilières* (s'il est permis d'appliquer cette expression à la propriété territoriale), que Montesquieu, l'homme qui a le plus approfondi cette matière importante, établit que *dans les commencemens, ils n'étaient point héréditaires.* Cette primitive coutume peut paraître bizarre ; elle découle de la nature des choses : les Francs abandonnent leur patrie et leurs biens, ils s'emparent d'une contrée entière, et pour conserver leur conquête, ils établissent les fiefs et leur mouvance. Nul pouvoir au-dessus de leur tête n'avait le droit d'infirmer le code nécessaire de leur existence, et qui consistait à confier le sol par parties aux mains qui pouvaient le défendre. Ce fut la première loi française.

Cette loi fut l'ouvrage de la nécessité ; elle est devenue, après avoir été observée pendant tant de siècles, aussi légale que l'obligation qu'un vendeur imposerait aujourd'hui à un acquéreur. La victoire a formé le contrat, il a toujours été exécuté.

Nous n'avons insisté sur les fiefs et sur cette coutume

de leur non hérédité, que parce que là se trouvent les sources du droit d'aînesse, et Montesquieu confirme cette opinion par une des grandes découvertes de son ouvrage, quand il montre que de cette collision de l'esprit de la loi des fiefs et du droit qui en résulta par la suite pour les mâles, surgit cette fameuse *loi salique*, le palladium de la France, loi qui a survécu à tous les orages, depuis ceux de la Jacquerie jusqu'à ceux de quatre-vingt-treize.

Ainsi le droit d'aînesse est aussi ancien que la France, il est plus ancien que le trône ; et lorsque la première monarchie européenne est rentrée dans son berceau, il doit être permis de discuter les avantages d'une institution à laquelle elle a dû son antique splendeur, et d'examiner les inévitables effets d'une législation contraire. Une telle discussion, abordée de bonne foi, est licite, car elle n'attaque aucune loi fondamentale de l'état, et ne tombe que sur quelques dispositions d'un code infirmé sur cette matière par le législateur lui-même (1), et déjà réformé par la restauration sur des points plus importans encore (2).

L'institution du droit d'aînesse a le singulier avantage, sur toutes les autres, d'être le soutien de la mo-

---

(1) Sénatus-consulte du 14 août 1810, qui autorise la création des majorats.

(2) L'abolition du divorce, qui introduisait de bien autres changemens dans les familles.

narchie, la gloire du trône et le gage assuré du bonheur des individus et des familles.

Cette vérité démontrée par l'expérience de tant de siècles, méritait l'attention des hommes amis de leur pays. En la discutant sans passion, on reconnaîtra, dans les conséquences des principes du droit d'aînesse, les sources d'une grandeur et d'une prospérité qui ne sont inconnues aujourd'hui que par l'absence du principe lui-même.

Si nous réussissons à démontrer que ce principe est un besoin de *la France nouvelle*, nous aurons parlé à toutes les opinions, en empruntant même les expressions de celles qui nous sont le plus étrangères.

Dans l'ancienne monarchie, le droit d'aînesse, en créant d'immenses fortunes, avait groupé, autour du trône et dans l'Etat, des défenseurs qui par leur puissance étaient les plus fermes soutiens de la nation. Le monarque, le peuple voyaient en eux des garanties ; chaque province comptait une foule de grandes familles protectrices du sol, obligées de veiller au bonheur des habitans, et, lorsque l'ennemi osait paraître, la voix des Montmorency, des Bouillon, des Crillon, appelant les sujets à la défense de la patrie, était d'autant plus imposante, que puissante et populaire elle était déjà connue de la victoire.

Ces grandes familles rendaient par leur richesse le trône plus éclatant, et imprimaient à l'étranger une haute idée de la France. Il suffisait au monarque de convoquer les aînés de la nation, pour être le grand roi.

En joignant ainsi la splendeur aux soins sacrés de la défense de la patrie, ces supériorités sociales résolvaient les deux premiers problèmes qu'offre l'établissement d'une société, mais ils contribuaient bien plus puissamment encore à sa gloire à venir, en se rendant les protecteurs des sciences et des beaux arts. Les muses ont toujours avoué le patronage des dieux, et les lettres n'ont jamais fleuri qu'à l'ombrage éternel des grandes fortunes possédées par des noms illustres, Il ne reste aucune trace de Carthage, et la Hollande a vu peu de grands hommes sur son sol mercantile. Les grands génies n'ont vécu et travaillé que soutenus par la protection et le suffrage des nobles familles; et de nos jours même, ce patronage fut exercé par des riches puissans, des administrateurs éclairés, qui, à leur mort ou à leur chute, n'ont malheureusemet pas laissé de successeurs.

Enfin, en poursuivant dans ses moindres détails les services que cette constante protection répandait sur ses cliens, on se souviendra de la puissance qui environnait les villes, les villages, les familles, les individus qui tous devenaient membres d'une même famille. Que de fois la protection et le crédit de ces maisons puissantes procurèrent l'inviolabilité! Et, lorsque les aînés s'assemblaient aux Etats des provinces pour décréter les impôts, y apportaient-ils moins d'attention

★

et de scrupule que les Chambres du Gouvernement représentatif? Les annales des temps passés ne parlent que de leurs refus; madame de Sévigné nous apprend que ce roi même, que l'on affecte d'appeler *le grand despote*, n'obtenait pas d'argent des Etats. Les aînés refusaient les budgets d'alors.

Ce patronage est-il choquant, lorsque de nos jours même on voit une foule de citoyens qui se rattachent volontairement à des familles puissantes? Hélas! elles cesseront bientôt d'être un fanal pour eux par la dispersion de la lumière en plusieurs mains!

Tels sont les avantages que la grande propriété présente au premier coup d'œil, par le système de la centralisation de la fortune territoriale confiée à d'impérissables familles. Le droit d'aînesse amène cette concentration, la rétablit insensiblement, sans choc, sans dérangement trop brusque dans les fortunes particulières, et froisse peu d'intérêts (1); mais combien ces

____

(1) Parmi les hautes considérations politiques que nous essayons de développer dans cette opinion, nous n'avons pas rangé une considération bien importante, quoique d'un ordre secondaire :

Une grande partie du sol de la France consiste en forêts et en vignobles, la statistique l'évalue au tiers. Or, d'après une autorité reconnue, M. Chaptal, il est avéré que la culture de la vigne demande une grande fixité dans la propriété, et surtout une fortune considérable. Cet économiste a remarqué que les seuls beaux vignobles étaient ceux qui avaient pour propriétaires *l'Eglise et les grandes familles.*

Les forêts exigent, pour la prospérité de l'état, de longs aména-

avantages vus superficiellement et à la hâte, sont peu de chose en comparaison des dangers qui menacent l'état social, d'après le système que la révolution a établi dans la mutation des propriétés!

Nous présenterons d'abord une simple observation.

Il n'y a pas encore en France de nouvelle génération, en ce sens, que la génération actuelle n'est pas encore arrivée à la propriété. Le siècle dernier n'a pas emporté, en 1799, tous les hommes; ainsi, pour l'état social, le droit d'aînesse est une coutume seulement interrompue. Un homme de quarante ans, le député, a été élevé dans ces idées. Vingt-cinq ans ne sont rien quand il s'agit de détruire les coutumes d'une nation, et le droit d'aînesse est encore une expression familière à toutes les oreilles. Enfin, pour quiconque a voyagé et observé dans l'intérieur du royaume, il est une vérité palpable, c'est que la disposition du code qui prescrit le partage des biens par portions égales, a été reçue avec une telle défiance par des provinces entières, principalement dans le Midi, qu'on y déroge souvent par des actes *extra-légaux*. Les familles, dans ces pays, qui furent le berceau des idées utiles et monarchiques,

---

gemens, que l'on ne peut obtenir sans vexations que dans les mains des grands propriétaires. Or, le système actuel, nous le demandons, est-il favorable, par le morcellement des propriétés, à la prospérité de la France? Si la culture de la vigne est négligée, si la division des forêts rend trop rares les bois de construction, il faudra bien convenir de la justesse de nos raisonnemens.

sont encore frappées des désastres qui doivent résulter d'un système dont elles ont deviné le danger.

En effet, le système de division dans les propriétés , présente l'avenir menaçant d'une révolution nouvelle.

Le partage égal des biens est, dans ses conséquences, une véritable *loi agraire*, et les Gracques, à Rome, auraient dépassé leur but, en obtenant notre législation de partage. Cette loi tend bien évidemment à diminuer en France le nombre des grands propriétaires, en ne laissant à chacun qu'un champ modeste : un calcul fort simple démontrera mieux encore que nos raisonnemens l'évidence de cette assertion : une fortune de cent mille livres de rentes possédée par un père qui a quatre enfans, sera à la seconde génération possédée par seize personnes, et réduite dans chaque famille à six mille livres de rente , si l'on suppose que les pères ont toujours le même nombre d'enfans ; à la troisième génération , on trouve soixante-quatre branches d'une même famille réduites à quinze cents livres de rentes, ce qui équivaut à l'indigence ; encore n'avons-nous pas fait ressortir tout ce qu'un nombre plus considérable d'enfans, les malheurs imprévus, les droits de mutations, le surcroit d'impôts, peuvent diminuer de l'exactitude de ces calculs.

On objectera qu'il est exagéré de prétendre que tous les enfans se marieront : l'on se tromperait, et nous répondons d'avance à l'objection : les quatre en-

fans ayant chacun vingt-cinq mille livres de rentes,
ne résisteront pas à l'attrait d'avoir une postérité, et
leur postérité se mariera précisément par cette raison
qu'elle ne sera pas riche. Ceux qui habitent les cam-
pagnes sentiront notre pensée, quoique nous ne puis-
sions la développer.

Si l'on objecte encore que l'homme qui a vingt-
cinq mille livres de rentes épousera une femme qui
en apportera autant, on n'aura pas détruit le danger,
seulement on aura reculé d'un demi-siècle la chute
de l'édifice social ; et ce serait un bien froid égoïsme
que celui d'une nation qui ne s'inquiéterait pas de son
existence future.

Enfin, pour achever le tableau des conséquences
d'un système funeste, nous présenterons une dernière
observation qui, en détruisant l'objection précé-
dente, montrera le danger encore bien plus immi-
nent.

Les pères élèvent leurs enfans au milieu des jouissances que donne leur fortune présente. Les fils par-
ticipent dans leur jeunesse à l'éclat de la fortune paternelle, sans prévoir qu'un jour cette fortune sera
restreinte. Lorsque les enfans sont en état de réflé-
chir, le mal est fait. Le père de quatre enfans, qui a
cent mille livres de rentes, les a élevés au sein du luxe
et de l'opulence. A la mort du père, la fortune est
rapidement dissipée ; nous avons chaque jour des
exemples de cette décroissance rapide des fortunes.

Les mutations qu'elle entraîne sont la principale source de prospérité pour les études de notaires.

Mais jusqu'à présent nous n'avons envisagé que les inconvéniens qui atteignent les individus : dans ce système de morcellement, le cercle renaissant des dangers politiques est bien plus étendu, et plus alarmant.

Aucun homme d'Etat n'a-t-il donc été frappé du tableau que présente en ce moment la France, d'après le système de partage égal des fortunes?

Une foule de jeunes gens élevée dans l'habitude des jouissances sociales, tendent à reconquérir dans son intégralité la fortune de leurs pères à laquelle ils ont participé. Les pères, de leur côté, ont nourri leurs enfans dans des idées plus élevées que celles qu'imposoit leur fortune future. Il arrive que nul ne veut de l'état de son père. L'artisan destine son fils pour la robe, le commerçant élève le sien pour le notariat, le notaire, le robin, veulent que leur nom devienne illustre dans les assemblées; enfin, aujourd'hui, il se trouve en France, par suite de cette facilité de participation aux bienfaits de l'éducation, une masse effrayante de jeunes ambitions qui s'impriment de concert une marche ascendante d'autant plus énergique, qu'elle est plus difficile à satisfaire, et que cette volonté unanime est soutenue par la vigueur morale de la jeunesse. Combien les lois égyptiennes, qui imposaient au fils l'état du père, étaient inspirées par les idées de la vraie morale et de la saine politique!

Cette marche, cette tendance d'esprits remuans est le fruit du partage des fortunes par portions insuffisantes, et ce tableau doit effrayer un gouvernement, quand il n'a pas comme l'Angleterre de vastes débouchés ouverts à l'impétueuse activité de la jeunesse. Cette puissance habile sent si bien cette grande vérité, qu'elle fonde de nouveaux établissemens sur la côte d'Afrique, dans la crainte de la secousse qu'un reflux de population lui donnerait si un jour l'Inde recouvrait son indépendance.

La France ne s'est pas créé de semblables ressources, mais il est encore temps d'élever une digue puissante et salutaire. Les ministres semblent avoir eu quelques pensées de ce genre, que trahissent certains de leurs actes. Avertis du défaut de places et de carrières pour cette masse ambitieuse, par le renchérissement des charges de toute espèce, et l'envahissement des bancs du barreau, le gouvernement a eu la singulière pensée de mettre le plus d'entraves possibles aux professions d'avocat et de médecin. Nous ignorons quel but on espère atteindre : mais si dans ce tableau de la situation morale des esprits, les individus et l'État se trouvent compromis ensemble, c'est au système de partage qu'il faut l'attribuer. Ce système ruine l'édifice du gouvernement constitutionnel, et dans l'intérêt de sa conservation, on reconnaît qu'il faudra nécessairement de nouvelles dispositions, dans quelque sens que l'on examine cette importante question.

D'après cette division à l'infini des fortunes particulières, les fortunes politiques disparaissent : l'homme aux cent mille livres de rentes était électeur-éligible, ses fils le seront, mais ses petits-fils ne sont plus qu'électeurs, ses arrière-petits-fils ne sont rien du tout. Nous avons cependant pris une fortune de deux millions pour exemple, il faut appliquer par la pensée cette observation à tous les degrés de fortune.

Les fortunes médiocres sont les plus communes, et actuellement s'il y a en France 80,000 électeurs (1), à une époque peu éloignée, il n'y en aura pas moitié, dans cent ans il n'existera ni éligibles ni électeurs, ou du moins il en restera très-peu, et alors ce que tout le monde craint, *la concentration du pouvoir* dans quelques mains arrivera par l'effet même du système de partage, le gouvernement sera abandonné à la discrétion des *industriels*, qui seuls jouiront du droit d'élection et de représentation.

Remarquons en passant que si le droit d'aînesse n'eût pas existé, aujourd'hui les Montmorency, les La Rochefoucauld, les Lafayette et les d'Argenson eux-mêmes, ne seraient probablement pas électeurs, et qu'à moins du manteau préservateur de la pairie,

-----

(1) 80,000 électeurs, à 300 fr. d'impositions, donnent une contribution foncière de 240,000,000.

leurs enfans ne seront un jour que de petits propriétaires vivant modestement à la campagne.

Pour nier cette conséquence, il faudrait soutenir que les trois enfans d'un propriétaire qui paie huit cents francs d'impôt, auront, à la mort de leur père, le droit de voter aux élections ; ce qui est impossible. Ainsi donc, dans l'intérêt du gouvernement représentatif lui-même, il faut des supériorités territoriales permanentes.

Par suite du partage égal des terres, dans un nombre d'années que l'on ne saurait spécifier, mais qui n'est pas très-éloigné, chaque habitant jouissant d'une petite portion de terre à peu près suffisante à ses besoins, content d'une vie obscure et oisive, resterait en repos chez soi. Peu à peu le commerce, l'industrie, les arts, négligés, manquant de bras, s'anéantiraient, et, avec eux, la prospérité et l'éclat du royaume.

On chercherait où a été la France ; elle serait veuve de ses monumens sublimes, veuve de ses grands talens. Peut-être elle serait asservie : car, pour que les peuples subsistent dans leur gloire, il leur faut de grandes institutions. Enfin une dernière réflexion jettera un grand jour sur la question que nous avons tenté d'approfondir. Dans les républiques, en les supposant même assises sur les principes les plus purs que la théorie puisse trouver, il ne se passe pas deux siècles sans qu'il s'élève des patriciens, tant l'homme sent le besoin d'obéir à certaines supériorités sociales ;

elles sont dans son cœur comme elles sont dans la nature où l'on voit des collines et des vallons. Inégaux
en talens, inégaux en forces, les hommes veulent parmi
les hommes des points de ralliement comme ils veulent des monumens dans les villes ; et l'instinct de
l'homme qui le rattache à une religion, à une patrie,
à une maison paternelle, le force à se rattacher à une
dynastie, à une famille, à des protecteurs, à des amis.
Una fides, unus Dominus.

Maintenant, parcourons les mêmes raisonnemens,
en soumettant les résultats à l'influence préservatrice
du droit d'aînesse, et voyons-en les résultats réels pour
l'Etat, les familles, les individus.

A l'ombre de cette législation, on aperçoit une
foule de familles qui croissent comme les chênes protecteurs d'une forêt : tout est immuable. La monarchie,
assise sur des bases certaines, retrouve, ainsi que le
peuple, de sages garanties ; l'Etat présente alors le
même aspect que le corps humain. Ces familles, éter-
nisées dans leur vigueur et leur éclat, en sont comme
les os impérissables ; force est à un Etat ainsi constitué
de durer toujours, tandis que les édifices mouvans,
bâtis pendant ces vingt-cinq dernières années, se sont
écroulés par le contact seul des Etats qui étaient gardés
par de grandes familles. L'Angleterre, l'Allemagne,
le Nord, malgré les dérangemens que Buonaparte avait
essayé d'apporter à leurs constitutions, ont duré,
durent encore, et dureront toujours sans avoir rien

changé à leurs lois fondées sur l'esprit de famille.

On peut ainsi parcourir toutes les chances , toutes les hypothèses : partout on retrouve pour l'Etat , les familles, les individus , richesse, prospérité, gloire et honneur.

Si ce qui frappe les individus doit être mis en première ligne, on doit sentir que les chefs de famille ne peuvent se passer de fortune, lorsqu'elle est nécessaire pour faire respecter des noms illustres. Quel est l'homme de cœur, en France, qui consentirait à voir le descendant de Turenne dans la misère ? Dans tout autre pays, on concevrait un grand seigneur privé de luxe ; en France, il faut que la fortune étaye les grands noms. C'est le seul pays où l'on tourne en ridicule un duc sans équipage.

Aussi Buonaparte connaissait-il bien l'esprit national, lorsqu'empereur il s'empressa de rétablir implicitement le droit d'aînesse, qu'imprévoyant consul il avait aboli. Ses majorats furent inventés pour recomposer une aristocratie. Il chercha à s'entourer de grands noms, et *le géant de la révolution*, au bout de dix ans de paix, aurait réformé son Code Civil.

Avec le droit d'aînesse , les fortunes restent toujours debout dans l'ordre social. La seule objection que l'on puisse faire à son exécution, c'est qu'il blesse les intérêts naturels des frères et sœurs puînés.

D'abord on fera observer que chaque enfant a droit *à une légitime ;* que cette légitime peut être fixée et s'accorder avec les différentes positions sociales des puînés : car, dans ce système, tous les inconvéniens disparaissent.

Le droit d'aînesse ne s'ouvrant qu'au moment du décès du père, jusqu'à ce jour suprême, la plus parfaite égalité règne entre les enfans ; ils reçoivent en commun une éducation élevée et généreuse ; une cordialité touchante les unit, et lorsque le fils aîné est appelé à prendre possession de la plus grande partie de l'héritage paternel, ses frères, habitués à le regarder comme le successeur naturel de leur père, ne voient en lui qu'un ami, un protecteur, un second père, sur lequel ils ont d'avance reporté tous les sentimens d'amour et de respect qu'ils avaient pour l'auteur de leurs jours.

Mais bientôt l'exiguité de leur patrimoine les oblige à choisir un état. C'est alors que les connaissances qu'ils ont acquises tournent au profit de la société toute entière. C'est à l'exercice du droit d'aînesse que l'autel a dû cette foule d'ecclésiastiques distingués ; l'armée ces officiers doués d'une bravoure héréditaire ; le commerce ces négocians éclairés dont les relations étaient si vastes et si honorables. La nécessité de se faire une fortune attache d'autant plus à l'Etat ces héritiers d'un nom illustre ; et protégés par leur crédit immortel, ils deviennent bientôt les plus utiles soutiens de la société, les plus fermes appui du souverain.

L'aîné, de son côté, jouissait paisiblement de l'hé-

ritage paternel ; mais il s'en considérait moins comme
le maître que comme l'usufruitier, le dépositaire. Son
premier soin était de conserver intacts les biens de la
famille ; et , si plus tard les fatigues du divin sacerdoce,
les funestes accidens de la guerre , les chances impré-
vues du commerce ramenaient au manoir paternel des
frères malheureux , ils rentraient dans ce port assuré
contre les orages , et y retrouvaient , avec les souvenirs
de l'enfance , la tendresse d'un père d'adoption.

Avec le droit d'aînesse , les grandes familles conser-
vent la propriété territoriale pour le bien de tous ; la
culture des terres reste aux mêmes mains qui doivent
en recueillir les fruits dans toute espèce de situation
politique ; l'Etat a ses administrateurs , ses soldats , ses
garanties sociales politiques , ses notabilités commer-
ciales fixes ; il est moins sujet aux oscillations. La sa-
gesse des lois égyptiennes , romaines et anglaises ,
celle de dix siècles d'expérience se confondent dans un
système qui réalise toutes les espérances , satisfait
toutes les ambitions ; tout s'aplanit , se consolide , et
ce résultat on l'obtient sans chocs , sans efforts.

Le partage égal des biens entre les enfans d'un même
père présente au premier coup d'œil une image sédui-
sante d'équité ; nous sommes loin d'en disconvenir ;
mais ce partage n'offre que des avantages momentanés ;
il entraîne après soi les plus funestes conséquences ; il
sème les révolutions. L'intérêt politique doit l'em-
porter sur l'intérêt privé et en commander le sacrifice.

Enfin Buonaparte a rétabli le droit d'aînesse pour certaines propriétés, par un sénatus-consulte du 14 août 1810, et M. le comte de Lascases nous a montré, dans son ouvrage, Buonaparte sous le poids des débris de sa fortune, tout mort qu'il était à la politique, insistant sur le droit d'aînesse, et en donnant une brillante théorie.

Dans toutes les sociétés, il y a une masse de peuple qui demeure éternellement dans l'état où elle est depuis le commencement des sociétés humaines. Sur trente millions d'hommes, il y a vingt millions d'êtres qui restent en stagnation morale et politique. Cette pensée d'un écrivain anglais, exposée simplement et sans commentaire à la fin de cet écrit, doit éveiller plus d'une pensée qui ne sera pas inutile à la suite de nos argumens : et, puisque nous avons cité l'Angleterre, rappelons que cette nation, de même que l'Allemagne, la Prusse et toutes les grandes puissances continentales, a consacré dans ses chartes l'inviolabilité du droit d'aînesse.

FIN.

ADRIEN EGRON, IMPRIMEUR

DE SON ALTESSE ROYALE MONSEIGNEUR, DUC D'ANGOULÊME

rue des Noyers, n° 37.